그림 한지혜

대학에서 시각디자인을 전공한 한지혜 작가는 그림 그리는 일 외에는 다른 일은 생각해보지 않았을 만큼 줄곧 그림을 그려왔다.
그림을 그릴수록 그림 그리기의 의미에 대해 진지하게 고민하게 되었다는 한지혜 작가는 유년시절의 추억보다
그때 읽었던 그림책이 훨씬 강렬하게 남아 있고 감동적이라고 한다.
자신이 그린 그림책이 누군가에게 유년을 회상하는 계기가 될 만큼 강렬했으면 좋겠다는 한지혜 작가는 앞으로 정형화되지 않은
자유로운 드로잉을 통해 재미있는 이야기와 인상적인 캐릭터, 특별한 시·공간이 살아 있는 그림책을 만들고 싶다고 한다.

아트디렉터 이은숙 화가

아트디렉터인 이은숙 화가는 서울대학교 및 동 대학원에서 회화를 전공했으며
미국 펜실베이니아 대학교에서 석사과정을 마쳤다.
중앙미술대전 특선, 동아미술제 특선, 제1회 송은미술대상전 지원상 등 수상 경력이 화려하며
18회의 국내외 초대 개인전, 200여 회의 단체전과 기획전에 참여했다.
국립현대미술관 고양미술창작 스튜디오와 미국 버몬트 스튜디오센터 입주 작가로 활동했으며
서울대, 건국대, 한국교원대, 서울시립미술관, 경희대, 국민대에서 학생들을 가르쳤다.
국립현대미술관, 리움 삼성미술관, 서울대학교 미술관 등에 그의 작품이 소장되어 있다.

사물의 비밀

숫자 2의 비밀

처음 펴낸 날 : 2014년 9월 1일
펴낸이 : 양승숙 | **펴낸 곳 :** 도서출판 에프알아이(FRI) | **출판등록 :** 제2010-000007호
책임편집_이효경 **마케팅_**강승완 **온라인 마케팅_**조우정 **제작_**박경덕 **디자인_**권호선, 이미진, 이지연
임프린트 : 사물의 비밀 **대표전화 :** (02)838-1791 | **팩스 :** (02)838-1793
FRI 본사 : 서울특별시 금천구 디지털로 9길 99 스타밸리 1203, 1204호
홈페이지 : www.fribook.co.kr
구입문의 : (주)홍스에이전시 (02)855-7750 www.hongs-agency.com
고객만족팀 : (02)855-7750
ISBN : 979-11-85847-01-6

숫자 2의 비밀

글 양승숙 | 그림 한지혜

더운 여름날,
여행을 하던 숫자 1과 숫자 2가 긴 다리를 건너야 했어요.

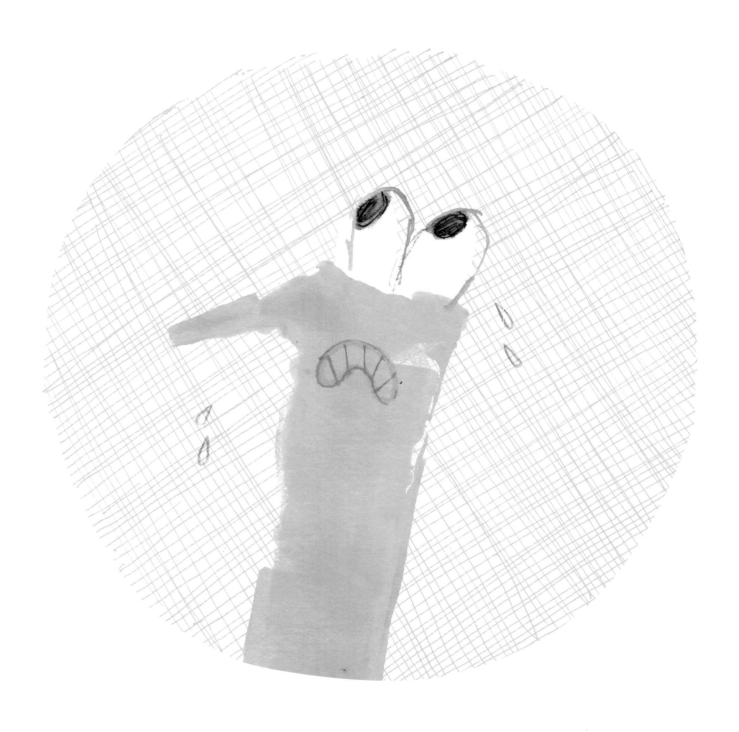

"다리가 어쩌면 이렇게 기냐? 아휴, 힘들어!"
숫자 1이 이마에 흐르는 땀을 닦으며 말했어요.

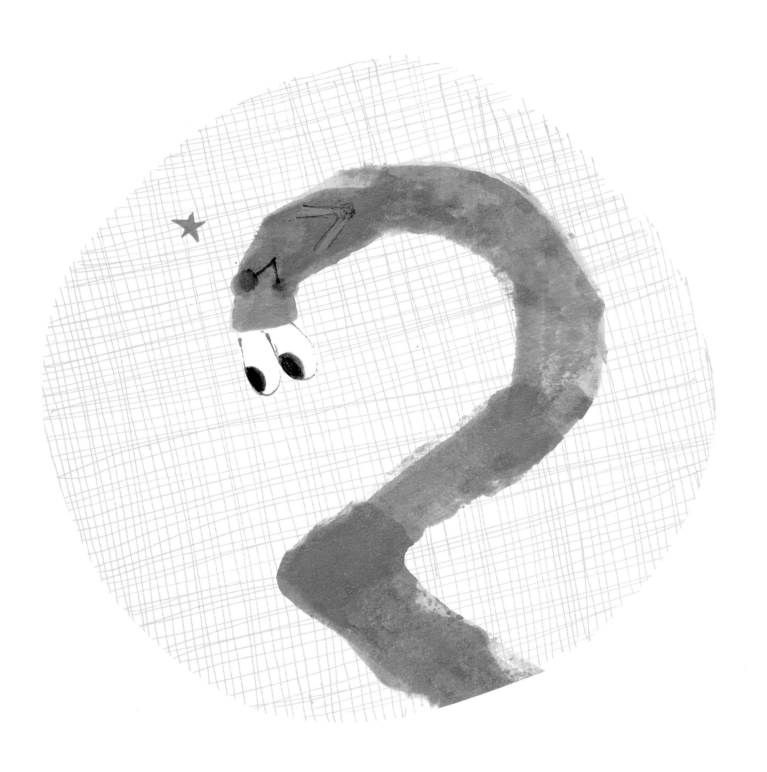

다리를 다 건너고 나서 숫자 2가 말했어요.
"다리야, 고마워."

숫자 1이 숫자 2를 물끄러미 바라보며 물었어요.
"뭐가 고마워?"

"다리가 없었다면 우리는 지금 헤엄을 쳐서
이 섬까지 건너와야 했을 거야!"

그때 숫자 1 때문에 기분이 상했던 다리가 숫자 2에게 말했어요.
"정말, 내가 고마워?"

늘 이 섬과 저 섬을 연결하느라 힘들었던 다리는
숫자 2의 칭찬에 힘이 불끈불끈 솟는 것 같았어요.

다리를 건너 섬에 도착한 숫자 1과 숫자 2가
편백나무 숲을 지날 때 갑자기 비가 내리기 시작했어요.

"아이, 갑자기 비가 올 게 뭐람! 옷이 다 젖었잖아!"
소나기에 옷이 흠뻑 젖은 숫자 1이 투덜댔어요.

두 팔을 벌려 비를 맞던 숫자 2가 말했어요.
"소나기야, 고마워."

소나기가 깜짝 놀라며 말했어요.
"다른 친구들은 모두 나를 피하느라 정신없는데,
넌 뭐가 고맙다는 거야?"

숫자 2는 활짝 웃으며 말했어요.
"네 덕분에 더위가 싹 가셨거든."

칭찬을 들어 기분이 좋은 소나기는
다른 곳에 가서 더욱 신나게 더위를 식히는 비를 뿌렸어요.

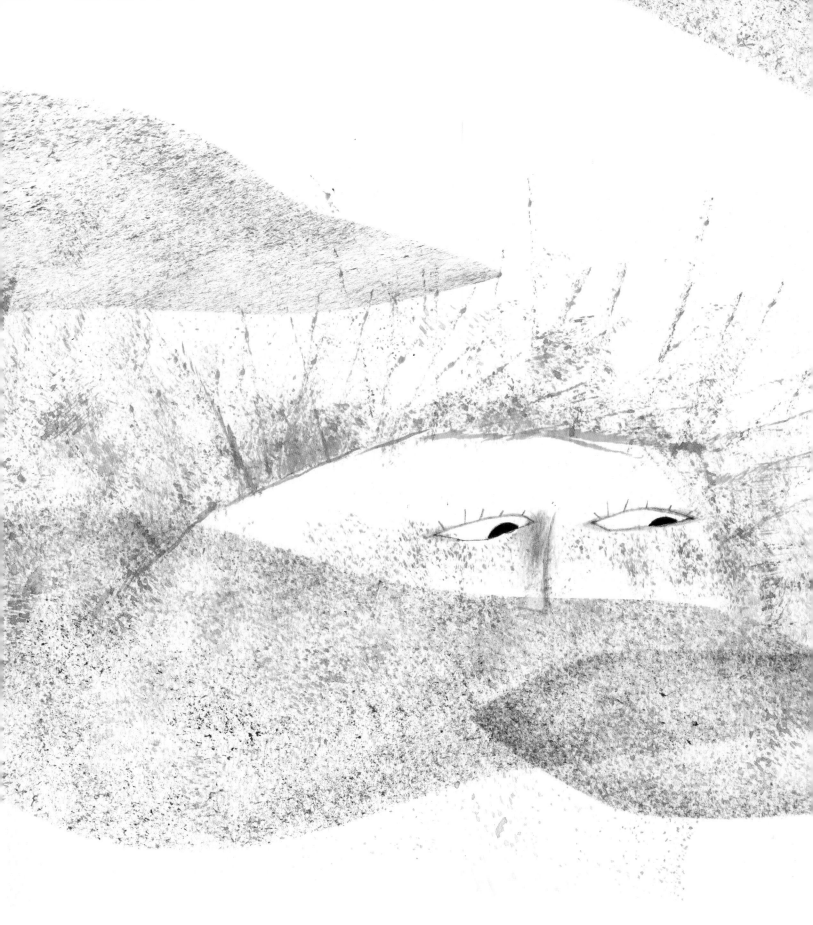

노을이 짙어지며 구름이 하늘 가득 붉게 물들기 시작했어요.
구름 사이로 해가 고개를 내밀며 숫자 2에게 물었어요.

"숫자 2야, 넌 아마 나에게도 고맙다고 말하겠지?"

숫자 2는 해를 바라보며 활짝 웃어 보였어요.

"물론이지, 정말 고마워!"

해는 지평선 가득 환한 미소를 뿌리며 말했어요.
"궁금해, 내게 고마운 게 뭔지. 얘기 좀 해 줄래?"

숫자 2는 해에게 손가락을 하나씩 꼽으며 말했어요.

"너는 내 앞을 환하게 밝혀 내가 걸을 수 있게 해 주고,
사과를 빨갛게 익게 해서 달콤함을 맛볼 수 있게 하고,
내가 입던 옷을 보송보송하게 말려 주고,
낮 동안 열심히 걸어온 나를 쉴 수 있게 이렇게 노을도 만들어 주잖아."

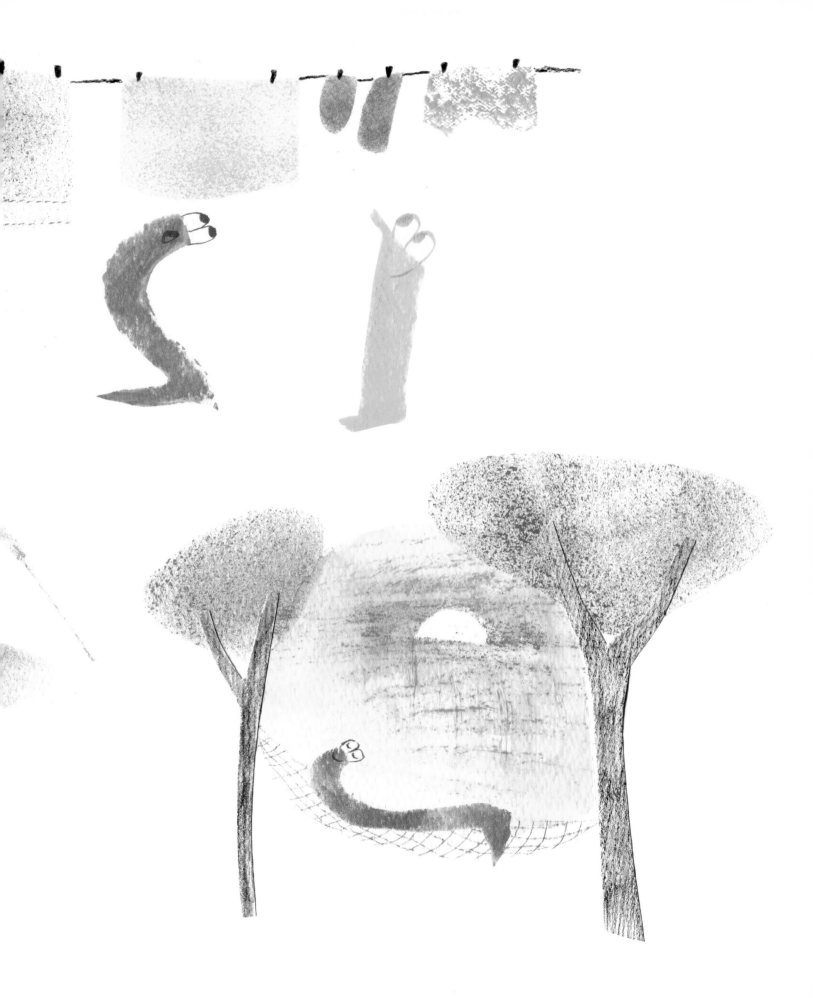

"정말 내가 그래?"
해는 놀라며 말했어요.

"갈대도, 강아지풀도, 계곡물도 모두 덥다며
나보고 제발 구름 속으로 들어가 달라고 불평만 하던데……."

환한 미소를 보내며 고맙다고 말하는
숫자 2의 칭찬에 해는 기분이 좋아졌어요.

작은 섬의 숲속은 금세 어둑어둑해졌어요.
땅거미가 내려앉은 오솔길을 따라
숫자 1과 숫자 2가 내려가고 있었어요.

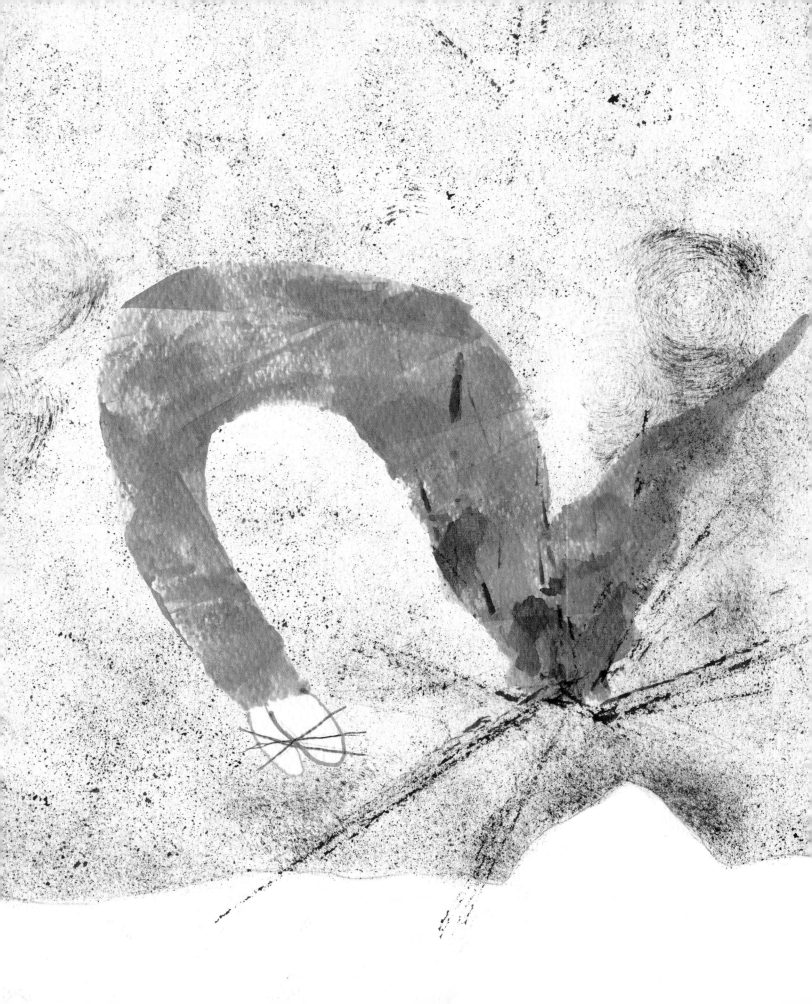

숫자 2가 어둑어둑한 길에서 그만 돌부리에 걸려 넘어졌어요.
땅속에 깊이 박힌 돌이 숫자 2에게 말했어요.

"어머나, 미안해. 많이 아프니?"

"야, 왜 길 가운데에 있는 거니? 비켜서 있어야지!"
숫자 2가 걱정된 숫자 1은 돌부리에게 화를 냈어요.

"아니야, 괜찮아. 오히려 돌부리가 고마운걸?"
숫자 2는 무릎에 묻은 흙을 탁탁 털면서 말했어요.

"돌부리 때문에 넘어졌는데,
고맙다니! 그게 무슨 말이야?"
숫자 1이 어이없다는 듯 물었어요.

"난 정말 고마워.
다리도, 소나기도, 해도,
그리고 돌부리도…….
내겐 모두 친구야."

"어째서 친구란 거야?
계속 우리를 힘들게만 하는데……."

숫자 1의 물음에 숫자 2가 대답했어요.
"숫자 1아, 네겐 들리지 않았는지 모르지만
내 귀에는 계속 들렸어."

"무슨 말을 들었다는 거지?"　　　　"친구들이 하고 싶은 두 번째 이야기!"

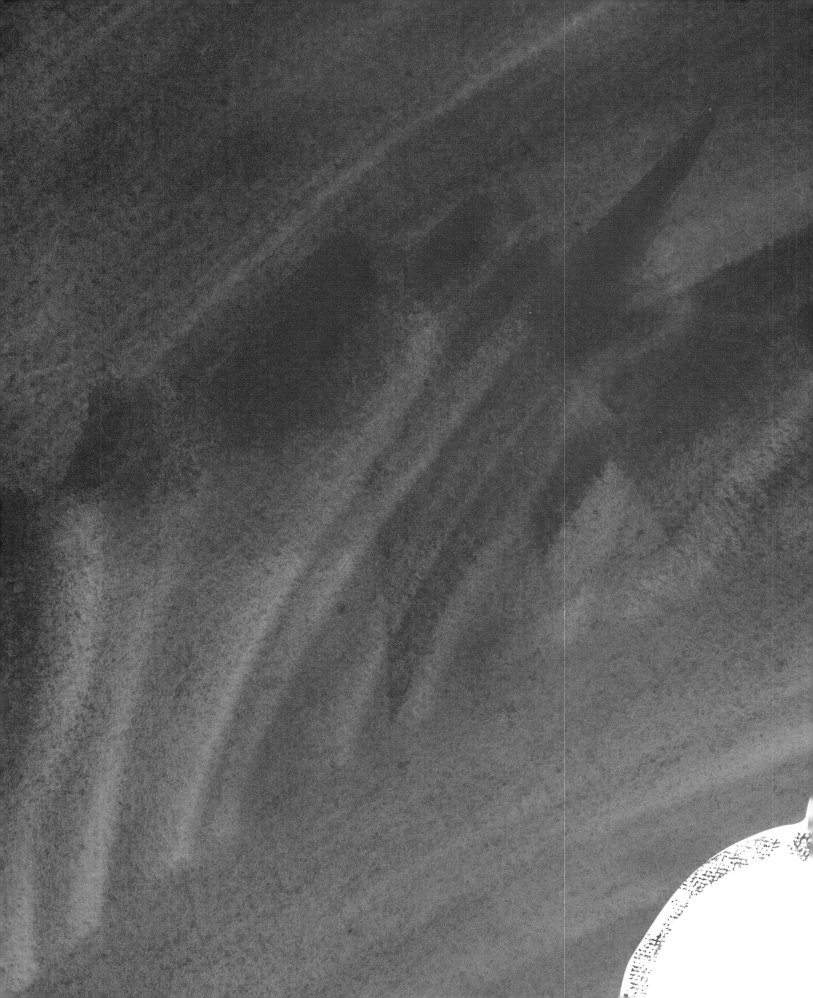

숫자 2가 돌부리를 피하며 일어선 자리의 바로 앞에는
깎아지를 듯 가파른 언덕이 있었어요.
절벽으로 떨어질 뻔한 숫자 1과 숫자 2를
돌부리가 도와준 것을 깨달은 숫자 1이 물었어요.

"어떻게 하면 너처럼 들을 수 있지?
잘 들리지 않는 두 번째 이야기를……."

"화를 내기 전에 친구의 마음을 먼저 보면 돼. 주의 깊게 말이야!"

숫자 2는 숫자 1에게 말했어요.

숫자 2의 비밀

작가 양승숙

저자 양승숙은 대학에서 문학을 전공하고 대학원에서 소설을 공부했습니다.
경제신문사와 월간지에서 취재기자로 활동, 오랫동안 우리 주변에 있는 상품의 개발과 제조 등을 밀도 있게 기획, 취재했습니다.
광고대행사의 카피라이터로 활동하기도 했던 저자는 출판사로 자리를 옮겨 편집자로 일하면서
국가의 정책을 알기 쉽게 국민에게 전달하는 스토리텔러, 퍼블리싱 디렉터로 활동해왔습니다.
20여 년 동안 책 만드는 데 주력해온 저자는 아이를 낳아 키우면서 아이가 어진 마음과 바른 마음을 가질 수 있도록
사물에 문학적 상상력을 더해 이야기로 만들어 들려주고 있습니다.
고대 그리스의 이야기꾼 이솝이 그랬던 것처럼 의인화한 사물을 통해 자녀에게 살아가는 데 필요한
지혜와 슬기를 전하고자 노력해온 작가는 자녀의 변화를 보고 아이들을 위한 동화를 만들기 시작했습니다.
비밀에 관한 이야기는 해리 포터의 작가 조앤 캐슬린 롤링에게 영감을 얻었다고 합니다.

작가의 출간도서

대나무의 비밀을 비롯해 강아지 닥스훈트의 비밀, 독수리의 비밀, 택배상자의 비밀, 뭉게구름의 비밀, 색과 무늬의 비밀, 숲의 비밀,
케이크의 비밀, 아기 밥그릇의 비밀, 시간을 파는 자판기의 비밀, 허수아비의 비밀, 박물관의 비밀, 숫자 2의 비밀, 가위의 비밀,
자동차 바퀴의 비밀, 기린의 비밀, 낡은 노트의 비밀, 애벌레의 비밀 등